よるのとしょかんだいぼうけん

作 村中李衣　絵 北村裕花

BL出版

土《ど》よう日《び》のお昼《ひる》すぎ、とおるくんが　ぼくの顔《かお》の前《まえ》に
みどり色《いろ》のリュックサックを　つきだした。
「さぁ、したくができたよ。ほら、くまきちの大《だい》すきな
キャラメルと　食《た》べたあとにちゃんとみがく歯《は》ブラシだ」
とおるくんは、ぼくの背中《せなか》にリュックをのせて、
ぼうけんりょこう出発《しゅっぱつ》！　と言《い》った。

バスにゆられて、花町《はなまち》としょかんに
やってきた。

入《い》り口《ぐち》のまわりには、たくさんの
子《こ》どもたちと、子《こ》どもたちに
だっこされた　なかまたちがいた。
ぎょうれつだぁ。とおるくんのうでから
首《くび》をのばして、前《まえ》をのぞいたら、
先《せん》とうに「おとまり会《かい》うけつけ」と
書《か》かれたテーブルが見《み》えた。
わぁ、どきどきするなぁ。
前《まえ》のほうで、なき声《ごえ》がする。

「いやだぁー、
やっぱりいやだぁ」
「だってぇ、ミミーが、
さびしいさびしいって
言《い》ってるもん。
やっぱり、だめぇ」
とおるくんが　ぎゅうっと　ぼくをだきしめた。
だいじょうぶだよ、とおるくん。ぼくがいっしょだから、
ぜったい　さびしくなんかないからね。

ぼくたちの
ひとつ前《まえ》には、
男《おとこ》の子《こ》にしっぽを
つかまれたワニがいた。
ぼくは、こっそり、
こんにちは、
とあいさつした。
ぬいぐるみなかまと　あいさつを
かわすのも、ひさしぶりだ。

「にんげんって生《い》き物《もの》は、ほんとうに、かってだよなぁ。なかでも、子《こ》どもってやつらの　きまぐれだけは、かんべんしてほしいぜ」

ワニは、ぐらぐらになった歯《は》の間《あいだ》から、くさい息《いき》をはきだした。

ワニたちの番《ばん》になった。

ワニをぶらさげていた男《おとこ》の子《こ》は、しっぽをふりあげて、ぼうん、とテーブルに　おいた。

「こんにちは。あなたのぬいぐるみの　お名《な》前《まえ》から聞《き》かせてくれる?」

うけつけのおねえさんが、にっこりして聞《き》いた。

「ワニ」

おねえさんは、え?という顔《かお》をした。

「ワニ」

「そう、ワニくんね」

「ワニ」と　もういちど男《おとこ》の子《こ》。

「こいつ、すんげぇキョーボー。せいかくわるい。

ほかのぬいぐるみを　くっちまうかもな、けっけっけ」

「じょうだん言《い》うな。キョーボーなのは、おまえのほうだろ」

ワニが　男《おとこ》の子《こ》をにらみかえした。でも、ワニの声《こえ》は、ぼくたちぬいぐるみにしか　聞《き》こえなかった。

うけつけのおねえさんのまわりには、大《おお》きなかご。中《なか》には　いっぱい　なかまたちが、入《はい》っている。

さっきのワニも、しっぽを上《うえ》にして　かごの中《なか》に　あたまをつっこんでいた。

「やだぁー、やっぱり、ミミーをおいて帰《かえ》るの　いやだぁ〜」

さっきないてた子《こ》が、うけつけの横《よこ》で、まだないてるぞ。

あれ？　ミミーをおいて？　それってどういうこと？

ついに　ぼくと　とおるくんの番《ばん》になった。

「名前《なまえ》はくまきちです。よろしくおねがいします」

とおるくんは、きっぱりと、うけつけのおねえさんに言《い》った。

「わかりました。じゃあ、あしたの朝《あさ》、ちゃんとおむかえに来《き》てくださいね。その間《あいだ》、くまきちは、いろんなぼうけんをしますからね」

とおるくんは、「うん」とうなずき、ぼくのほっぺたに自分《じぶん》のほっぺたをすりつけた。

「おねがいします」

ままま、待《ま》ってよ、とおるくん。いっしょじゃないの？　ふたりいっしょの　ぼうけんじゃなかったの？

ぼくは　なきそうになった。

とおるくんは、ぼくに背中《せなか》をむけて　三歩《さんぽ》ほど進《すす》んでから、パッとふりかえった。

「あのね、くまきちは、すっごい　勇気《ゆうき》があるんだよ！」

ぼくのモシャモシャの背中《せなか》が、きゅっとのびた。

夕《ゆう》がたまでに、なかまのかずは、
五十《ごじゅう》くらいになった。
かごの中《なか》は、大入《おおい》りまんいんで、
ゆっくり　あいさつもできない。
ワニは、ぼくのいるかごとは
べつのかご。いちばんさいごに、
ぼくの横《よこ》に、耳《みみ》が半分《はんぶん》とれかかった
ウサギがやってきた。
「ふぅ、ようやくあきらめて　帰《かえ》ってくれたわ」

「あれ？　きみ、うけつけの横《よこ》でないてた　女《おんな》の子《こ》のウサギ？」

「そうよ。ミミーよ。あの子《こ》の気《き》まぐれで　つれて帰《かえ》られたらどうしようかと思《おも》ったわ。ここもきゅうくつだけど、おかあさんのブーツの中《なか》につっこまれてるのよりは　よっぽどましよ。とうぞくにつかまって　塔《とう》にとじこめられた村《むら》むすめの役《やく》。さいあくよ」

さいあく……とおるくんの　いない夜《よる》が　ぼくにはさいあくだよぉ。

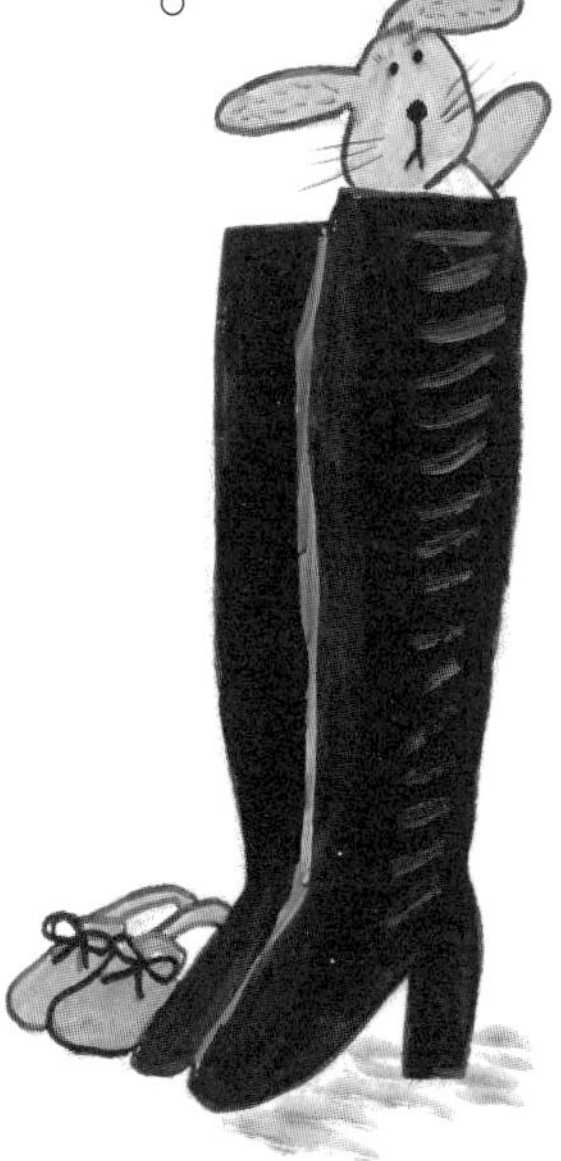

夜七時《よるしちじ》。としょかんがしまってから、のっぽのかん長《ちょう》さんが、ぼくらにあいさつをした。

「きょうは、よく来《き》てくれました。これから、みなさんをいろんな場所《ばしょ》に　あんないします。日《ひ》ごろは入《はい》ることのできない場所《ばしょ》や、さわることのできない　きかいにもさわれます。みなさんが　楽《たの》しんで　ぼうけんしているようすをぼくたちが　写真《しゃしん》にとってあげますからね。その写真《しゃしん》を見《み》たら、みなさんをつれてきた　おうちの人《ひと》たちも、おおよろこびでしょう」

それから、ぼくたちは　ばらばらに〈ブックカート〉にのせられて、としょかんの中《なか》を　ぐるぐるまわった。

ミミーも　ぼくといっしょのカートの中《なか》だった。

ミミーは、カウンターのうらがわに
あんないされて　大《だい》こうふんしていた。

「わぁ、ここおもしろいわ。あたし、前《まえ》にここで、本《ほん》をひっくり返《かえ》してピッてやるのを見《み》て、いちどやってみたかったの。きゃっ、やらせてくれるのね！」

ミミーは、スタッフの人《ひと》に、コンピューターのマウスをにぎらせてもらい、ポーズを作《つく》ってパチリ。ぼーっとそれを見《み》ているぼくも、パチリ。

そのあと、エレベーターで　本《ほん》がずらりとならんだ　暗《くら》いへやにも行《い》ったよ。「しょこ」って言《い》うんだって。

「ここの本《ほん》たちも、かりることができるんだよ。古《ふる》い本《ほん》やけんきゅうに使《つか》う本《ほん》も　たくさんあるよ」

スタッフの人《ひと》のせつめいを聞《き》きながら、ミミーが「ん〜、あたし、このにおいすき。暗《くら》くても　うちのくつばこの中《なか》

とは　大《おお》ちがいだわ」とつぶやいた。
あと、本《ほん》のやぶれたページをなおすへやや、ポスターやチラシをいんさつするきかいがあるへや、マイクがあるろうどくのへやとか、赤《あか》ちゃんの絵本《えほん》のへやとか、いろいろいろいろ　見《み》てまわったよ。赤《あか》ちゃんの絵本《えほん》のへやは、ほんのり　なつかしい　ミルクのにおいがしたよ。あぁ、ずっと前《まえ》は、ぼくの横《よこ》に、とおるくんの　このにおいがいつもあったなぁ。思《おも》い出《だ》しながら、はなをくんくんしていると、「ナイスショット！」と言《い》われて、パチリ。

ご愛読ありがとうございます。皆様のご意見、ご感想をうかがい今後の本づくりの参考にさせていただきたいと思います。ご協力いただいた方にはＢＬ出版オリジナルポストカードを差しあげます。

●本のなまえ

●お買い求めの書店名(

●この本を何でお知りになりましたか

□ 書店で　□ 書評で　□ 先生、友人、知人から

□ 広告で　□ その他(　)

●この本を読まれた方

(男・女　歳　)

●その他、ご意見、ご感想をお聞かせください

(今後読んでみたい作家・画家・テーマなどあればお書き下さい)

●ご意見を匿名（例：40代女性）で当社のホームページ、ちらし等に掲載してもよろしいですか　□ 承諾する

●児童書目録（無料）を希望されますか　□ 希望する

●今後、新刊案内等を郵送してもよろしいですか　□ 承諾する

ホームページ(https://www.blg.co.jp/blp)で新刊情報をご覧いただけます
また、ホームページやお電話(078-681-3111)でご注文も承ります。

郵 便 は が き

おそれいりますが切手をおはりください。

652-0846

神戸市兵庫区出在家町2-2-20

BL出版 愛読者係 行

住所 〒

リガナ
名前

男・女

年齢 歳

EL

記入いただいた個人情報は、ご希望の方への各種サービス以外の目的では使用いたしません。なお、承諾いただいた方のみ、ご意見を弊社の販促物等へ転載する場合がございます。

夜九時《よるくじ》。かん長《ちょう》さんの前《まえ》に、もういちど
ぼくたちみんな、集《あつ》められた。
「ぼうけんは　楽《たの》しかったですか。
これから、みなさんを、
二《に》かいのへやに　あんないします。
もう　ちゃんと
おふとんを　しいてあります。
そこで、ぐっすり　ねむってくださいね。
朝《あさ》になったら、おこしに来《き》ますよ。

ぼくたちは帰《かえ》りますが、だいじょうぶですよ。
しっかり戸《と》じまりして　帰《かえ》りますからね。
外《そと》からは　だれも入《はい》れません」
かん長《ちょう》さんが　めがねを上《うえ》にもちあげて、
ハハハハハっとわらった。
ぼくのふとんの右横《みぎよこ》には、おむすびじいさん。
左横《ひだりよこ》には、首《くび》のながーい、キリンのロングさん。
それから、メロンのぱくぱくちゃん。
ゴリラ、チンパンジー、あぁ、むこうのほうに、

今《いま》にも　となりにかみつきそうな、ワニくんもいる。
でも、とおるくんはいない。とおるくんのぺたっとした
てのひらも、鼻《はな》で息《いき》する音《おと》も聞《き》こえない。ねむれないよぉ。
「あんた、ずっと　おきてるつもり？　おはだにわるいわ
よ。だれにもじゃまされずに、おふとん　ひとりじめして
ねむれるのよ。さいこうじゃないの」
ミミーが　むかいがわのふとんの中《なか》から　ささやいた。
そのときだ、すっぱいような　ほこりっぽいような　に
おいがして、ぎん色《いろ》に光《ひか》るへんなやつが　あらわれた。

はねのついたかぶとをかぶって
剣《けん》をもって、たてをもって……。
あれ、ぼくどこかで会《あ》ったことがあるぞ。

「きみたち、ようこそ　本《ほん》の国《くに》へと　あいさつすべきところだが、そんなひまはない。もうじき　あばれグマのジャンボンが、ここへあがってくるだろう。なんとか、本《ほん》のせかいからとびだしてくる前《まえ》に　やつをこの剣《けん》で　しとめるつもりだったのだが、ひとあしおそかった。もうやつは　本《ほん》のページをぬけだし、きみたちのにおいをかぎつけて、うろうろしはじめている」

ぎん色《いろ》のかぶとのへんなやつは、ぼくたちぬいぐるみの間《あいだ》をぐるぐる歩《ある》きまわり、みんなを　剣《けん》の先《さき》で　つんつんつついて　おこそうとする。

「本《ほん》のページからクマが？　どういうこと？　きみはいったいだれなの？　どこから来《き》たのさ」

「それは、人間《にんげん》たちに知《し》られてはならないひみつなのだが」

騎士《きし》の声《こえ》が　低《ひく》くなった。

「ぼくらは　本《ほん》の住人《じゅうにん》。人間《にんげん》たちがいなくなった　としょかんで、十二時《じゅうにじ》をすぎると　ぼくらの自由《じゆう》がうまれる」

本《ほん》の住人《じゅうにん》？

「名《な》のるほどの者《もの》ではないが、わが名《な》は、『にじ色《いろ》ドラゴンと勇《ゆう》かんなちび騎士《きし》』の……」

「思《おも》い出《だ》したよ。きみ、おしろを守《まも》る　ちび騎士《きし》ジェイミーだね！」

騎士《きし》のジェイミーは、おどろいて後《うし》ろにとびのき、ぼくのふとんのはしっこで、よろめいた。

「なぜに　わが名《な》を？」

「とおるくんとふたりで、その絵本《えほん》、パパさんに　読《よ》んでもらったことがあるよ。あ、その剣《けん》は、わる者《もの》をやっつけておれてしまっても、土《つち》の中《なか》にうめておけば、土《つち》の中《なか》から剣《けん》の先《さき》っぽが　にょきにょき　のびてくるんだよね」

騎士《きし》ジェイミーは　とくいそうに　むねをそらした。

「そのとおり。おぼえているかい。ぼくの物語《ものがたり》のさいごは

『今夜《こんや》も　わんさかいる　わる者《もの》を
たいじするため、ねないで
見《み》まわりを続《つづ》けている』だ」
「ふーん、としょかんの本《ほん》に
出《で》てくる人《ひと》たちって、
みんな　あんたみたいに
夜《よる》になると動《うご》きだすの？」
いつのまにか、むかいがわのミミーも
耳《みみ》をピーンと立《た》てて、騎士《きし》にたずねている。

「そうです。あなたたちは　夜《よる》
になっても動《うご》けないんですよね。
まことに　おきのどくです」
ミミーは　ムッとした顔《かお》で
言《い》いかえした。
「きのどくなんかじゃないわ。
あたしたち、愛《あい》してもらえれば
だっこしてもらって、
どこへだって　行《い》けるのよ。

愛《あい》してもらえたら……のはなしだけど」

「なるほど。ぼくらも、長《なが》いこと
本《ほん》のページをめくられていないと、
ページの間《あいだ》から　ぬけだせなくなる
ことがあります。
読《よ》んでもらった人間《にんげん》たちに
ちっともよろこんでもらえないと、
本《ほん》の中《なか》に　とじこもりっきりに
なってしまうことも」

ちび騎士《きし》は、そこまで言《い》うと　鉄《てつ》のてぶくろで口《くち》をおさえ、ふあぁぁと　あくびをした。

「まいばん　ジャンボンがあばれまわるため、その見《み》まわりとあとしまつで　ぼくも　ちょっと　くたびれています。ジャンボンに会《あ》うのがいやで、本《ほん》のなかまたちは　だれひとり、夜《よる》になっても、出《で》てこようとしないしね」

「さいあく〜。そのジャンボンっていうのは、どんなふうにあばれるの？」

ミミーが　おもしろそうに　たずねた。

「ひどいものです。本《ほん》から出《で》てきて　まっさきに　としょかん員《いん》さんたちの　休《きゅう》けい室《しつ》に行《い》って、冷《れい》ぞうこやテーブルの上《うえ》においてあるおかしを食《た》べまくる」

そういえば、食《た》べ物《もの》をおいて帰《かえ》ると、ふしぎなことにすぐになくなっちゃうって、見学《けんがく》してまわったときに、スタッフのおねえさんたちが　言《い》ってたな。

「それだけじゃない。むしゃむしゃ食《た》べちらかしたあとで、かん内《ない》の　どこにもかしこにも　おしっこをしてまわる。本《ほん》ばこにも　木《き》ぼりの大《おお》きなおき時《ど》計《けい》にも、だ。このままでは、ジャンボンのおしっこで　あっちもこっちもくさくなる。クマってやつは、ほんとうにおぎょうぎがわるい」

言《い》ってしまってから、ちび騎《き》士《し》ジェイミーは、ぼくを見《み》て、しまったという顔《かお》をした。

「いやいや、本《ほん》の中《なか》のクマのはなしですけどね」

ぼくは　むっとした。

「どうでもいいけど、こんなにのんきに　はなしをしてるひまがあるの？」

騎士《きし》は、ヒャッとさけんで、とびあがった。

「おお、そうだった。きみ、ぐずぐずしてはいられない。早《はや》くみんなをおこして。どこかやつの見《み》つからないところに　にげるんだ」

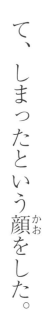

「ちょ、ちょっと待《ま》って。ぼくたちぬいぐるみは、自分《じぶん》では動《うご》けないんだよ」

ふりあげたぎん色《いろ》の剣《けん》をおろして、騎士《きし》は　ため息《いき》をついた。

「そうか、動《うご》けないんだったなぁ」

「あたしのことは、あんたがおひめさまだっこしてくれれば、だいじょうぶよ」

ミミーが　ちょうしのいいことを言《い》う。

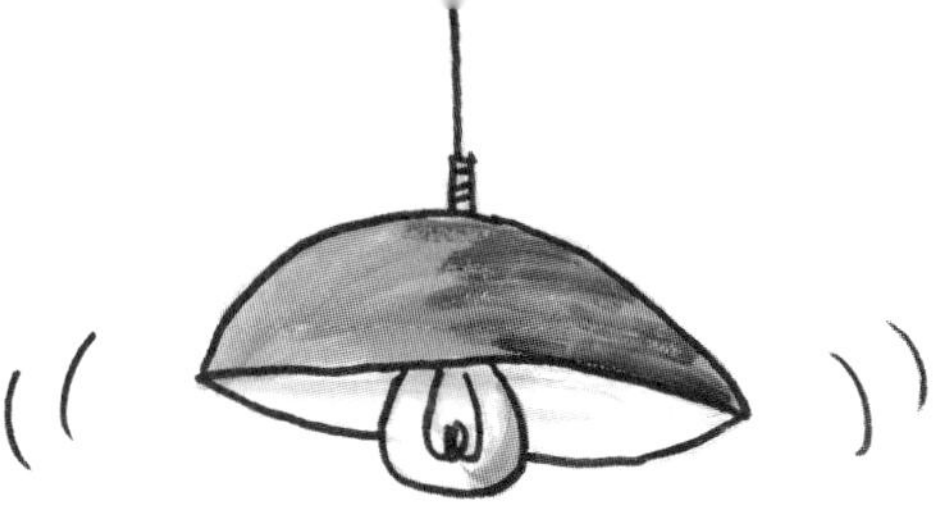

「ぼくたちがたんけんしてまわったときの
ブックカートにのせてもらえれば、動《うご》けるけどね」
と、ぼくが言《い》うと、騎士《きし》は首《くび》をふった。
「こんなにたくさんの者《もの》たちを　いちどに
動《うご》かすことは　むりだ」
　そのとき、びゅ～んと風《かぜ》がおこり、
天《てん》じょうの電《でん》きゅうがゆれて、
それから、にじ色《いろ》のうろこが光《ひか》る
ドラゴンがまいおりてきた。

「ジャンボンのやつ、今夜《こんや》は、きのうより　もっときげん
がわるいですから、くれぐれもご用心《ようじん》あれ」
ちび騎士《きし》ジェイミーは、ほうこくありがとう、と言《い》って
やさしくドラゴンのうろこをなでた。
ぼくは、いいことを思《おも》いついた。

「ねぇ、本《ほん》の中《なか》に出《で》てくるなかまたちを　よびだすことができるんでしょ。ほら、絵本《えほん》で『空《そら》へのぼる汽車《きしゃ》』のはなしがあったよね。あの汽車《きしゃ》に来《き》てもらえば、みんなをのせて、空《そら》に　にげだせるんじゃないかな？」

「だめです、ざっとみつくろって、五十体《ごじったい》。重《おも》すぎです」

ドラゴンが、目玉《めだま》をぎろんと　こちらにむけた。

「えーと、えーと、そうだ、それじゃ、大型絵本《おおがたえほん》は？　ほらほら、子《こ》どもの本《ほん》のコーナーの入《い》り口《ぐち》でぼく、見《み》たんだ。あそこにも『空《そら》へのぼる汽車《きしゃ》』あったよ！」

「大型絵本《おおがたえほん》の空汽車《そらきしゃ》……
なるほど、そういえば、
読《よ》まれすぎ、働《はたら》きすぎで、
ページをめくられると
からだのあちこちが
ギシミシいたむ　と言《い》って、
さいきん　さっぱり
すがたを見《み》せてないな」
騎士《きし》が　ドラゴンと　顔《かお》を見《み》あわせた。

「よし、ドラゴン、じいさんには気《き》のどくだが、なんとかたのみこんで、こちらへむかってもらってくれ！　その間《あいだ》に、ここにいる全員《ぜんいん》をおこして　待《ま》っている」

なんて勇《ゆう》かんな騎士《きし》だろう。とおるくんといっしょにおはなしを聞《き》いたときも　いい感《かん》じだったけど、今《いま》は　その百《ひゃく》ばいもいいぞ。

「ちょ、ちょっと待《ま》って！　ぼくのリュックをおろして」

ぼくは、リュックの中《なか》に入《はい》っているキャラメルを　ドラゴンに　ぜんぶあげた。

「かたじけない。じつはわたし、いやいや、わたしの
ウロコたちは、あまいものが　大《だい》すきなのだ」
ドラゴンは、紙《かみ》づつみごと　キャラメルをぜんぶ
口《くち》の中《なか》にほうりこむと、ぐわっとつばさをひろげて、
そのまま　風《かぜ》といっしょに　とびさった。

おこされた者《もの》たちの中《なか》で
いちばんきげんがわるかったのが　ワニだ。
「まったく、ねてるところをおこされるくらい
あたまにくることはないぜ。
そんなあほんだらクマなんか
おれさまが食《く》いちぎってやる！」
「バカなこと言《い》わないの。
あたしたちは、そうかんたんには、
動《うご》けないいんだから！」

ミミーが、まるでワニのおかあさんみたいに　しかった。

「あぁ、とにかく　早《はや》く　空汽車《そらきしゃ》のじいさんに　来《き》てもらわないと……」

騎士《きし》が　落《お》ちつかないようすで、へやの中《なか》を歩《ある》きまわる。

ごごん、ごごん　とゆかをけるような音《おと》が　かいだんのほうから　ひびいてきた。

鼻《はな》のきくコックさんのぬいぐるみが「ん？　猛獣《もうじゅう》くさいお肉《にく》のにおいがするぞ。これは、ステーキにしてもうまくない」とつぶやいた。

「やばい！　やつがあがってくるぞ！」

ちび騎士《きし》ジェイミーが　さけんだ。

ごごんごごん
「どこだぁ〜、おれさまを　いらいらさせる者《もの》どもは〜。みんなまとめて　けちらしてくれるわ。どこだどこだぁ」

ひどいがらがら声《ごえ》だ。ねていたところを　おこされ、ぬいぐるみたちは、みんな　ふるえあがってる。むりもないよね。ぼくたちぬいぐるみは、みんな　ふわふわボールみたいに軽《かる》いから、すぐに　どこにでも　ほうりなげられちゃう。

ごごごんごごごん

騎士《きし》が、入《い》り口《ぐち》にむかって
サッと　剣《けん》をむけた。
「無茶《むちゃ》だよ、きみが
やっつけられたら　どうなるの？」
「そのときは……もう本《ほん》には
もどれない」
騎士《きし》が　ごくんと　つばを
のみこむのが　ぼくには見《み》えた。

「そんなのまずいよ。おはなしが　かわっちゃうなんて。ぼくもとおるくんも、きみの出《で》てくるおはなし、大《だい》すきだったんだから」

騎士《きし》が　にこっとわらって　ぼくのほうにふりむくのと、がらりとへやのとびらがあくのが、どうじだった。

「おうおうおう、おまえら　ここにいたのか。それにしても、どいつもこいつも、パッとしねぇなぁ」

ジャンボンは、ふとくて黒《くろ》い首《くび》を　へやの中《なか》につっこんできて、ぐほほほほっと、わらい声《ごえ》をあげた。

キャーっと　ミミーがまっさきに　ひめいをあげた。

その声《こえ》につられて、リスやら　バンビやら　おひめさまたちが、つぎつぎに　なき声《ごえ》をあげた。

「うるせぇうるせぇ。使《つか》いたくもねえ脳《のう》みそが　動《うご》きだすじゃねえか。

うるせぇやつらから、つまみだしてやる」

騎士《きし》が、剣《けん》をまっすぐつきだして
ジャンボンに　とっ進《しん》していった。

「あぶない、だめだぁ！」

ぼくも　助《たす》けに　とびかかっていきたかったけど、ざんねん　ぼくは動《うご》けない。
「ちび騎《き》士《し》、またおまえか、ゆるさんぞ！」
ジャンボンが　黒《くろ》い　大《おお》わらじのような足《あし》をふりあげたときだ。
だだがん　ごごだん　だだがん　ごごだん
あの音《おと》は……とおるくんとふたりで　なんども口《くち》まねして楽《たの》しんだ、あの音《おと》だ。
「空汽車《そらきしゃ》だ。空汽車《そらきしゃ》が　来《く》るよ！」

ぼくは、
大声《おおごえ》でさけんだ。
だだーんと、
和室《わしつ》のとびらを
なぎたおして、
空汽《そらき》車《しゃ》が
入《はい》ってきた。

ドラゴンが
急《きゅう》こうかして、
そのつばさで
みんなを
すくいあげ、
ものすごいはやさで
汽車《きしゃ》の中《なか》に
ほうりこみ
はじめた。

「みんな早《はや》く、いそいで！」

さけびながら、ちび騎《き》士《し》ジェイミーは、ジャンボンの足《あし》もとを　ぐるぐるまわり、剣《けん》の先《さき》で　チクチクする。

「くわっわっわ、やめろやめろ」

ジャンボンは　わらじ足《あし》で　騎《き》士《し》をふみつぶそうとするが、騎《き》士《し》は　ものすごくすばしっこかった。するりするりと　身《み》をかわしては、チクチク。

そのうちに、全員《ぜんいん》、空汽車《そらきしゃ》にのりこんだ。

「こんなにたくさんの客《きゃく》をのせるのは、何年《なんねん》ぶりかのぉ…」

空汽車《そらきしゃ》のじいさんが、鼻《はな》をならして、石炭《せきたん》の黒《くろ》いすすを
はきだした。

「あんたも早《はや》くのらなくちゃ！」

ミミーが　ぼくをよんだ。

ぼくは　首《くび》をふった。

「早《はや》く出発《しゅっぱつ》して！

ぼくは、行《い》かない！」

さっきから、とおるくんの遠《とお》い声《こえ》が聞《き》こえ続《つづ》けていたんだ。

「くまきちは、すっごく　勇《ゆう》かんなんだよ」

あばれもののクマを　このままにしちゃいけない、ぜったい　いけないっ。

「おまえさん、ほんとうに　いいのか？」

空汽車《そらきしゃ》のじいさんが、うなるように言《い》った。

「そうだ、ドラゴンさん、ぼくのリュックの中《なか》の　歯《は》ブラシを　空汽車《そらきしゃ》のおじいさんにあげて。この歯《は》ブラシで　からだをみがいてもらって。空汽車《そらきしゃ》は、いつだって　ぴっかぴかで　かっこよくなくっちゃぁ」

ドラゴンが　リュックの
歯《は》ブラシを取《と》りだしてくれた。

「さぁ早《はや》く！　早《はや》く行《い》って！」

だだがん　ごごだん　だだがん　ごごだん
空汽車《そらきしゃ》となかまたちが　ゆっくり　とびたっていった。
「おのれ、さっきから、ぐだぐだと　こなまいきなまねをしおって。子《こ》どものクマだからといって、ようしゃはせんぞ。だいたいおれさまは、いい子《こ》ぶった子《こ》どもってのが大大大《だいだいだい》きらいなんだぁ～」
ジャンボンのその声《こえ》を聞《き》いたとき、むねが　きゅうっとした。
ぼくは　ちび騎士《きし》ジェイミーを　いっしょうけんめい

よんだ。
「騎士《きし》さん、
ぼくのおしりを
その剣《けん》でついて、
ジャンボンの
背中《せなか》の上《うえ》に
ほうりあげて」
「え？」
「いいから早《はや》く！」

うまいぐあいにジャンボンの背中《せなか》にのっかることができた。

ぼくは　手《て》をのばし、大《おお》きくて平《ひら》べったい　ジャンボンの背中《せなか》を　だっこしようとした。

「なんだなんだ、背中《せなか》にくっついてる　じゃまっけなやつは。おりろ、おりんか！」

「おりるもんか。イライラしているときには、だっこがいちばんなんだから！」

ジャンボンが背中《せなか》をまるめて、ぶるぶるぶるっと　みぶるいした。

わわー、おちるぅ～　と思《おも》ったそのとき、だれかの　細《ほそ》くてかたいうでが　ぼくを　ぎゅっとつかまえた。

「むちゃをするな。きみは　自分《じぶん》では動《うご》けない　と言《い》った
ではないか」
騎士《きし》も　ジャンボンの背中《せなか》にとびのって、ぼくを　だっ
こしてくれていた。
「ねぇ、ジャンボンさん、ジャンボンさんの出《で》てくるおは
なしは　どんなおはなしなの？」
ジャンボンが右足《みぎあし》、左足《ひだりあし》、かわるがわるにふりあげ、地《じ》
めんを　ふみならした。
「え～い、本《ほん》のはなしはするな！」

「ジャンボンの本《ほん》の
中《なか》には、人間《にんげん》の友《とも》だちが
出《で》てくるのだ。
木《き》こり一家《いっか》の
すえっ子《こ》でね、ふたりは、
それはそれは
なかよしだった」
騎士《きし》が　小《ちい》さい声《こえ》で
ささやいた。

「ところが、木《き》こり一家《いっか》の父親《ちちおや》が　からだをこわし、仕事《しごと》ができなくなって、一家《いっか》そろって　山《やま》をおりることになってしまった。ふたりには　どうすることもできない。かなしいわかれの時間《じかん》が　やってきたのだ」

「だまれだまれだまらんか、こぞう」

ジャンボンのからだが　きゅうに冷《つめ》たくなった。背中《せなか》のほうまで　その冷《つめ》たさが　じんじんつたわってくる。

「なんで騎士《きし》さんは、そんなこと知《し》ってるの？」

ぼくは、ふるえているジャンボンの背中《せなか》に　顔《かお》をおしつけて、騎士《きし》に聞《き》いた。

「こんしゅうの水《すい》よう日《び》、ぼくの出《で》てくる本《ほん》とジャンボンの出《で》てくる本《ほん》と、いっしょのおはなし会《かい》に出《で》たんだ」

「そっか。で、おはなしの続《つづ》きは？」

「うるさいうるさい。おしゃべりこぞう、ただではすまんぞ」

ジャンボンのうなるような声《こえ》。それでも、騎士《きし》はしゃべり続《つづ》けた。

「すえっ子《こ》は、わかれの日《ひ》に『大《おお》きくなったら、かならずジャンボンに会《あ》いに　また　この山《やま》にもどってくるから。

やくそくだから』と言《い》ったんだ」

ぼくは、もういちど　むねが　きゅうんとなった。

もし、とおるくんが、ぼくからはなれていったら……。

「そ、それで？」

うぉー、うぉー

ジャンボンが、ものすごい声《こえ》でほえた。
おこっているような　ないているような声《こえ》、
空気《くうき》が　ぐらんぐらんゆれる。
騎士《きし》は、首《くび》を横《よこ》にふった。
「そこから先《さき》のおはなしは、
知《し》らない。あとのページが
ちぎられていたのだ。
おはなし会《かい》は　それっきりだ」
あぁ、なんてことだろう。

うぉー、うぉー

ジャンボンのあばれかたが　もっともっと　ひどくなった。

「どこのどいつかしらんが、だいじなページをもちさりさえしなかったら、おれはあの子《こ》に会《あ》えたのに。くろうしておれをさがしだしてくれた、たったひとりの友《とも》だちに……」

「そうだったのか。ジャンボンのところに　男《おとこ》の子《こ》は帰《かえ》ってくるはずだったのか……」

知《し》らなかったおはなしのさいごを知《し》って、ちび騎士《きし》は、にぎっていた剣《けん》をおろした。

「えーい、こうなりゃやけだ。どいつもこいつも、みんなみんな　きえてしまえ～」

ジャンボンは、もうすっかり　あたまが
おかしくなったように、大《おお》あばれしはじめた。
とうとう　ぼくをおさえてくれていた
騎士《きし》の手《て》が　はなれてしまった。
あっというまにぼくは、
ころげおちた。
ジャンボンのわらじ足《あし》が
ぼくの顔《かお》の前《まえ》に来《き》た。
そのときだ。

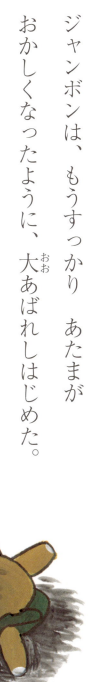

「ちょっと待《ま》ったぁ！　おれ、そのやぶいたページを　だれがもってるか、知《し》ってらぁ。あいつだ。家《いえ》でかあちゃんに『なんでこんなことしたんだい！』って　しかられてたからな。ざまぁみろって思《おも》ったんだ。よっくおぼえてらぁ」

みどりのワニが　高《たか》いところから　さけんだ。

真《ま》っ黒《くろ》い風《かぜ》をふきあげながら、ワニとミミーたちをのせた　空汽車《そらきしゃ》のじいさんが　おりてきた。後《うし》ろからついてきたドラゴンも　つばさをおろした。

「そうだったの。あんたのご主人《しゅじん》って、サイテー。まだうちのご主人《しゅじん》のほうが　ましなくらいだわ」

ミミーが、丸《まる》ボタンでできた鼻《はな》をぴくぴくさせて　ワニに言《い》った。

「あいつのことをかばう気《き》は　背中《せなか》のイボ一個《いっこ》分《ぶん》もないけどよ、おれには、わかるのさ。あばれたり　いじわるしたりするのは、まぁそのぉ、さみしいからなんじゃねぇのか？」

「そ、そ、そんなんじゃねえ。わかったようなこと言《い》うな！」

ジャンボンが、足《あし》をふみならした。

「もう、つよがらなくて　いいじゃん。きっと　やぶれたページは　なおしてもらえるわよ。むずかしいはなしはやめにして、せっかくだから、お空《そら》に行《い》かない？　あたし、あいてるの　見《み》つけちゃったぁ。ほら、あそこのまど」

ミミーが言《い》った。

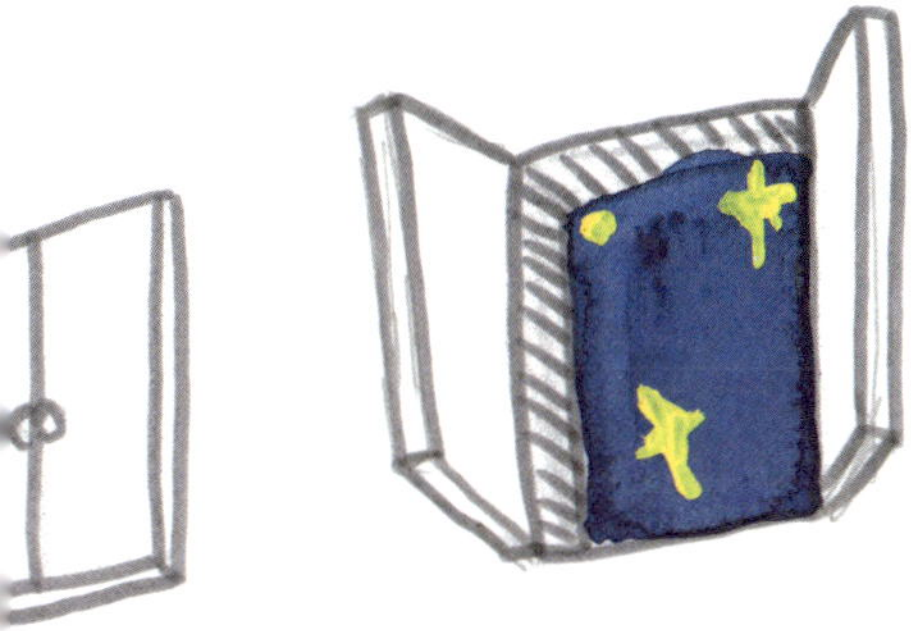

「こいつといっしょは、ごめんだね」

ジャンボンを　ちらりと横目《よこめ》で見《み》て、ワニが　歯《は》をガチガチ言《い》わせた。

「あら、いいじゃない。考《かんが》えてみれば、このひとがあばれたおかげで、わたしたち、なかよくなれたようなもんだしさ」

ミミーが　ワニにウインクした。

ぼくたちは、夜《よる》の空《そら》を走《はし》った。

星《ほし》をつないだぎん色《いろ》のレールの上《うえ》を　がたごとがたごと。

騎士《きし》も、ドラゴンの背中《せなか》にのって、ついてくる。

ワニが　身《み》をのりだして、低《ひく》い声《こえ》で、うなる。

「バカヤロー。かえしてやれー！　おまえが　やぶいちまったページは、こいつの友《とも》だちが　会《あ》いにくるページだったんだってよぉ」

ミミーも　さけぶ。

「かえしてあげなさいよぉ。友《とも》だちのワニが言《い》うこと、たまには　聞《き》いてあげなさいよぉ」

「かえしてくれぇ。
おれの友《とも》だちー」
ジャンボンの声《こえ》が、
風《かぜ》にのって　みんなの
ねむっている町《まち》へ
ゆうっくり　おりていく。
「おーい」
「おーい」
「おーい」

ぼくも　ちからいっぱい
さけんだ。そして、
とおるくんのことを
思《おも》った。

ぼくの友《とも》だち。
はなれていたって、
どこにいたって、
ぼくのたいせつな
友《とも》だち。

なんでもなかったように、朝《あさ》が　やってきた。
ドラゴンも　騎士《きし》ジェイミーも、本《ほん》だなの　本《ほん》の中《なか》へ。
そしてジャンボンも　やぶれた　本《ほん》の中《なか》へ。
としょかんの人《ひと》たちが　やってきた。
へやにもどったぼくたちの数《かず》を　1、2、3……とかぞえて、だいじょうぶ、全員《ぜんいん》いるね、とにっこりした。なぁんにも知《し》らずに。
ぼくたちをむかえに、かいだんをかけあがってくる音《おと》がする。

「くまきちー」
とおるくんが、
かけてくる。
ほかのぬいぐるみたちも、
みんな　もちぬしたちに
だっこされている。
あれ、ひとりだけ、
柱《はしら》のかげで　ぐずぐず
している子《こ》がいるぞ。

「ちぇっ、来《き》た」

ワニが　ぼそっとつぶやいた。

うつむいたまま　柱《はしら》のかげから出《で》てきた子《こ》が、「ワニ」とひとこと言《い》って、右手《みぎて》で　ぎゅっと　ワニをだきしめた。

とがった口《くち》をぐんにゃりさせて、ワニ、うれしそう。

ぼく、ちゃんと見《み》ちゃった。

それから、男《おとこ》の子《こ》のはんたいの手《て》に　しっかりにぎられていた、ジャンボンの　あのやぶれた　おはなしのページもね。

おしらせ

村中李衣《むらなかりえ》

山口県生まれ。ノートルダム清心女子大学教授。
絵本を介したコミュニケーションの可能性を探り、
あらゆる人とあらゆる場所で、読みあいを続けている。
『うんこ日記』（ＢＬ出版）、『ねむろんろん』（新日本出版社）などの絵本や、
『いつか、太陽の船』（新日本出版社）、
『マネキンさんがきた』（ＢＬ出版）などの創作、
『絵本の読みあいからみえてくるもの』（ぶどう社）、
『女性受刑者とわが子をつなぐ絵本の読みあい』（かもがわ出版）
などの著書もある。
『チャーシューの月』（小峰書店）で日本児童文学者協会賞、
『あららのはたけ』（偕成社）で坪田譲治文学賞、
『こくん』（童心社）でＪＢＢＹ賞受賞。
『かあさんのしっぽっぽ』（ＢＬ出版）は、第61回青少年読書感想文
全国コンクール課題図書。

北村裕花《きたむらゆうか》

１９８３年生まれ。多摩美術大学卒業。
第33回講談社絵本新人賞佳作受賞。
『かけっこ　かけっこ』『おにぎりにんじゃ』『ゴリラさんは』（以上、講談社）、
『ねねねのねこ』（絵本館）、
『くれよんが　おれたとき』（くもん出版）、
『かあちゃん　えほんよんで』（絵本塾出版）、
『こどもかいぎ』（フレーベル館）、
『フートンのおふとん』『おしりつねり』（ともにＢＬ出版）などの絵本、
ＮＨＫのＥテレで放送され、書籍化された
「ヨーコさんの言葉」の挿絵（本は講談社から発売）ほか、
イラストレーターとしても活躍中。

よるのとしょかんだいぼうけん

2015年12月1日　第1刷発行
2022年3月10日　第3刷発行

作＝村中李衣
絵＝北村裕花
デザイン＝細川 佳
発行者＝落合直也
発行所＝BL出版株式会社
〒652-0846
神戸市兵庫区出在家町2-2-20
TEL●078-681-3111
https://www.blg.co.jp/blp

印刷・製本＝丸山印刷株式会社

Printed in Japan
NDC913　87P　22×16cm
ISBN978-4-7764-0743-0 C8393

ぬいぐるみの図書館おとまり会

アメリカで始まった子どもと図書館を親しく結ぶための試みです。大好きなぬいぐるみが、真夜中の図書館を探検して回ることで、子どもたちの図書館や本への興味が深まるきっかけづくりになることを願って、日本でも全国各地の図書館に活動が広がっています。今回の作品づくりには山口県山陽小野田市立中央図書館のご協力をいただきました。

たのしさキラリ
おはなし いちばん星

絵本から読みものへの架け橋となる、低学年向けシリーズです。

既刊

魔女のシュークリーム

作・絵●岡田淳

シュークリームがだいすきなダイスケのもとに、魔女に『いのち』をにぎられた動物たちがあらわれて言った。「百倍の大きさのシュークリームを食べてもらいたい」

にじ・じいさん にじは どうやってかけるの？

作●くすのき しげのり 絵●おぐら ひろかず

「にじが、かかりますように。一年二くみ（そらのにじ子）」にじ子のたんざくのおねがいをみた白ハトのクルルは、山奥にすむ にじ・じいさんに会いに行きます。

やあ、やあ、やあ！ おじいちゃんが やってきた

作●村上しいこ 絵●山本孝

あさ、先生が、転校生をつれてきた。「やあやあやあ。みなさんこんにちは」なんと、うちのおじいちゃんだ。しかもとなりのせきに、やってきた！

よるのとしょかん だいぼうけん

作●村中李衣 絵●北村裕花

ぼくはぬいぐるみのくまきち。とおるくんは、ぼくをとしょかんのおとまりかいに送り出した。その夜、あばれぐまのジャンボンが本からぬけだし…。

かあさんのしっぽっぽ

作●村中李衣 絵●藤原ヒロコ

和菓子屋をしている結衣の家では、かあさんは忙しく、結衣の話を聞いてくれません。結衣は、昔話のようにかあさんはキツネに食べられたのかも、と思い始めます。

ハカバ・トラベル えいぎょうちゅう

作●柏葉幸子 絵●たごもり のりこ

学校がえり、まことが商店街のはずれにある旅行社をのぞいていると、突然ゆうれいがやってきた。なんとここは、ゆうれいに旅行をさせる「ハカバ・トラベル」だった！

たぬきがくるよ

作●高科正信 絵●寺門孝之

お兄ちゃんとどんぐりひろいに行ったわかばは、どんぐりの絵を描いたという大きなリスと出会い…。不思議で楽しい世界に迷い込むわかばを描いた短編集。

アカンやん、ヤカンまん

作●村上しいこ 絵●山本孝

ぼく、しょうた。かあちゃんにやられっぱなし。たまにはつよきになりたいな。スケッチブックにかあちゃんに勝てる〝ヤカンまん〟の絵を描いたら、ヤカンまんが現れた!!

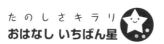